AF219428

Corinna Franke

Cocos Tierleben

Corinna Franke

Cocos Tierleben

Herstellung und Verlag:
Books on Demand, Norderstedt

ISBN: 978-3-7526-7328-9

Inhalt

<u>Igor</u>

oder
Der Vogel, der Angst vorm
Fliegen hatte

Teil I

Igor und Natascha

Igor war ein kleiner Spatz, der gerade erst geschlüpft war. Seine Mutter und sein Vater fütterten ihn und seine 3 Geschwister.

Als es an der Zeit war, flügge zu werden,
schaute Igor aus dem Loch im Baum hin-
unter auf die Erde – und bekam Angst.
Höhenangst, Flugangst. Seine Mutter und
sein Vater forderten ihn auf zu fliegen,
aber er traute sich nicht. So kletterte er an
dem Stamm herunter auf die Erde und
suchte so nach Nahrung.

Alle Tiere in der Gegend lachten über Igor
und seine Flugangst. Igor war ein wenig
traurig, doch er hatte einen Freund, das
Eichhörnchen Eichendorff. Eichendorff
zeigte Igor, wie man schnell auf einen Baum
klettert, um an leckere Beeren zu kommen
und sich vor Katzen zu schützen.

Eines Tages beobachtete Igor einen kleinen Spatz, der auf der Wiese tippelte und immer wieder erschreckt aufflog. Er lief zu dem Weibchen und stellte sich vor.

Sie hieß Natascha und erzählte ihm, dass sie Angst vor Würmern hatte. Igor war entzückt. Er versprach Natascha, immer für sie zu sorgen, wenn sie bei ihm bliebe. So wurden die beiden ein Paar.

Als der Frühling kam und Natascha Nach-
wuchs erwartete, fragten die beiden Hans,
das Kaninchen, ob er ihnen eine Höhle zum
Brüten überlasse.

Hans, der eine Möhren-Allergie hatte, freute
sich, dass er jemanden hatte, dem er helfen
konnte, denn auch er wurde von den anderen Tieren belächelt.

Natascha brütete 2 süße Spatzenjunge aus
und sie waren eine zufriedene Familie mit
Onkel Eichendorff und Onkel Hans.

Teil II

Igor und seine Freunde

.

Igor hatte einen Bruder namens Andrej, der ebenfalls ein Problem hatte: er konnte nicht zwitschern.

Als Andrej mal wieder los flog, um seinen Freund, den Bär Bernie, zu besuchen, der von Kind an Vegetarier war und hauptsächlich Blätter und Beeren aß, hörte er von weitem ein wunderschönes Singen.

Er flog in die Richtung und sah eine kleine
Spatzendame. Anna, so hieß sie, war aus-
gebildete Sopransängerin. Andrej war ver-
zaubert von Annas Gesang und verliebte
sich.

Anna war begeistert, dass er ihr nicht da-
zwischen zwitschern konnte, und so wurden auch die beiden ein Paar.

Igor, Natascha, Andrej und Anna machten oft Ausflüge zum nahen Bach. Dort schlossen sie Freundschaft mit Hubertus, dem Frosch, der wasserscheu war. Nur, wenn es gar nicht mehr ging, hüpfte er kurz ins Wasser und sprang dann schnell wieder an Land.

Im nahen Wald wohnte der Wolf Wolfram.
Wolfram war nachtblind und litt bei Voll-
mond unter Schlafstörungen. So kam es oft
vor, dass er zu dieser Zeit gegen einen
Baum lief und laut aufheulte. (Die Menschen denken fälschlicherweise, dass der
Wolf den Mond anheult.)

Im Wald lebte auch das Chamäleon Karl.
Karl hatte eine Rot-grün-Schwäche, so dass
es häufig vorkam, dass er aus Versehen in
einem roten Ahornbaum sich grün färbte
und im grünen Gebüsch auf einmal knall rot
war.

Igor und Natascha wollten ihre Flitter-
bzw. Flatterwochen nachholen, und ließen
ihre Jungen in der Obhut von Onkel Eichendorff und Onkel Hans. Natascha flog
vor zum nächsten Dorf, um einen Baum zu
buchen. Igor tippelt nach.

Im gebuchten Baum angekommen, trafen
sie auf die Brieftaube Bärbel, die sich mal
wieder verflogen hatte.
Bärbel war kurzsichtig, war aber zu eitel,
um eine Brille auf zu setzen.

Bärbel erklärte ihnen, wo es hier im Dorf die leckersten Essensreste gab, und nach einer Woche Urlaub kamen Igor und Natasch dick und rund wieder bei ihrer Familie an.

Teil III

Das Fest

Ein Mal im Jahr trafen sich alle Freunde von Igor zu einem Fest. Es gab gegorene Früchte und man erzählte, lachte und musizierte.

Dieses Jahr hatte alle Tiere etwas Gutes zu erzählen:

Igor hatte Flugstunden genommen und konnte jetzt wenigstens 1 m über dem Boden fliegen.
Natascha hatte sich einer Wurmkur unterzogen.

Onkel Hans hatte entdeckt, dass er Bio-Möhren vertrug.
Andrej, Igors Bruder, lernte Schlagzeug, damit auch er musizieren konnte.

Schön war auch zu sehen, dass Bär Bernie
zu sich selbst gefunden hat:
er aß jetzt mit Vorliebe Ameisen, denn er
war, wie er nun wusste, ein Ameisenbär.

Frosch Hubertus hatte die Freuden eines
Whirlpools entdeckt, und Wolfram, der
Wolf, hatte von seinen Freunden einen
Helm mit Taschenlampe bekommen, damit
er im Dunkeln besser sah.

Auch Chamäleon Karl hatte Gutes zu be-
richten: er hatte beschlossen nur noch braun
zu sein, da war er auf der sicheren Seite,
denn die meisten Äste waren braun.

Igor hatte von der Brieftaube Bärbel Post
bekommen. Sie färbte sich jetzt ihre grauen
Federn nicht mehr und trug eine Brille, die
ihr ein intellektuelles Aussehen gab.

So feierten die Freunde die ganze Nacht.
Anna sang eine Arie und Andrej spielte ein
Schlagzeugsolo. Igor flog eine Ehrenrunde.

Die Welt der Tiere war wieder in Ordnung.

Rufus

oder
Der Hund mit dem Hut

Rufus war kein normaler Hund, Rufus war der Hund mit dem Hut – und er war Privatdetektiv.

Jeden Morgen setzte er seine Brille auf und
las die Zeitung, immer auf der Suche nach
neuen Fällen.

Zum Beispiel eine untreue Hundedame oder
ein vermisster Welpe oder ein Hund, der
eine Wurst gestohlen hatte.

Er arbeitete tagelang oder sogar wochen-
lang an einem Fall. Hatte er diesen dank
seiner guten Spürnase gelöst,

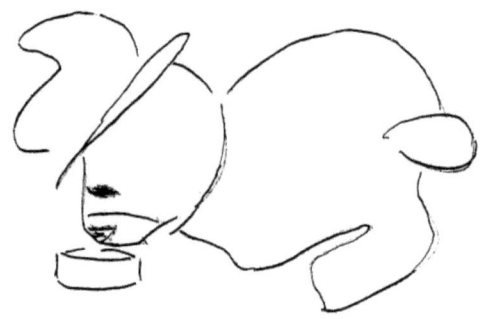

goss er sich abends ein Schälchen Whiskey
ein, legte eine Platte von Frank Sinatra auf

und schmiss sich auf den Rücken und
strampelte vor Freude mit den Beinen.

Das Orchester
der Vögel

Die gefiederten Tiere hatten sich zu einer Orchester-Probe versammelt.

Das Rotkehlchen sang mit seiner Sopranstimme die Koloratur.

Der Buchfink hatte zu Hause die Partitur gelesen und flötete nun sein Solo.

Herr Specht klopfte im Takt auf Holz,

Herr Storch klapperte ebenfalls im Takt.

Der Adler machte das (Flügel-) schlagzeug, unterstützt von der Krähe mit ihrer
Snare-Drum.

Die Meise untermalte mit Glocken-
spiel-Lauten, die Möwe spielte mit
dem Flügel.

Herr Enterich war für den basso
continuo (Bass) zuständig.

Man hatte auch Gast-Musiker eingeladen:

Herr Elefant trompetete

und Frau Schlange spielte die Rassel.

Der berühmte Dirigent war Pan Pinguin,
auch bei den Proben immer im Frack

... ach ja, man probte „Der Vogelhändler".

Casanova

In jungen Jahren betörte der Spatz Casanova
die Damenwelt mit seinem schönen Gesang.
Für jede hatte er ein eigenes Lied.

Er hatte sie alle gehabt und war bei keiner
länger als einen Frühling geblieben.

Casanova musste Vater von um die 100
Spatzenjungen sein.

Im Alter ließ seine Kraft und Ausstrahlung nach. Keine Spatzendame interessierte sich mehr für ihn.

Also setzte sich Casanova auf einen Ast vor der Schule und pfiff den Oberschülerinnen nach. War eine besonders schön oder trug einen kurzen Rock, trällerte er sogar ein Lied.

Casanova starb kurz und schmerzlos: Er fiel vom Ast und war tot.

Käthchen

Käthchen war eine ältere Dame mit spit-
zem Mündchen, Dutt und Blumen im Haar.

In jungen Jahren war sie Model gewesen,
hatte aber nie geheiratet.

Sie hatte etwas Ätherisches,

und noch heute war Käthchen nett anzuse-
hen und ließ sich gerne und gut fotografie-
ren:

von vorne, von hinten, von der Seite.

Ihr letzter Auftrag war eine Werbung für eine weiche Wolldecke für ältere Damen wie Käthchen.

Nachts schlief Käthchen gut und träumte
von vielen Blumen.

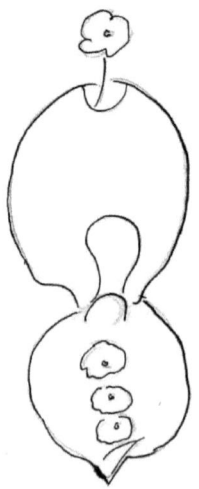

Tuck,
der Kuckuck

Tuck hatte eine neue Arbeitsstelle gefunden,
er sollte in einer Kuckucks-Uhr die Zeit
ansagen.
Um Mittag begann seine Arbeitszeit.
Da er etwas nervös war, hatte er sich einen
Fingerhut Rum in sein Häuschen mitge-
nommen.

1 Uhr.
Tuck: „Kuck-kuck."
Das ging ja noch.
Aber je öfter er raus musste, desto unsiche-
rer wurde er.

2 Uhr. 3 Uhr. 4 Uhr.
Er nippte an seinem Fingerhut mit Rum.

5 Uhr. 6 Uhr.
Der Fingerhut war schon zur Hälfte geleert.

<u>7 Uhr.</u>
Tuck: „Kuck-hick-kuck. Kuck-hick-kuck."

<u>8 Uhr.</u>
Tuck: „Hick-huck-kuck."

<u>9 Uhr. 10 Uhr.</u>
Der Fingerhut war fast leer.

<u>11 Uhr.</u>
Tuck pfiff: „Ein Fingerhut Rum,
das haut keinen Kuckuck um."

<u>12 Uhr.</u>
Das Törchen öffnete sich.
Tuck: „Hick"
und fiel auf den Boden.

Am nächsten Tag brachte der Käufer die
Kuckucks-Uhr empört zurück.

Der Bär
Bertram

Bertram saß auf seinem Lieblings-Ast und langweilte sich ein bisschen.

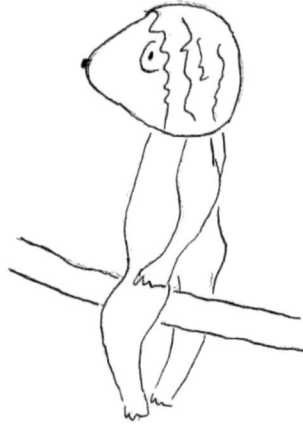

Er überlegte, was er dagegen tun könne.
Er hatte eine Idee: „Ich angele mir ein paar
Freunde."

Also nahm Bertram seine Angel und legte los.

Zuerst erwischte er <u>Fini</u>,

danach <u>Frinni</u>,

Anschließend angelte er <u>Flux</u>,

und <u>Faliola</u>.

Außerdem <u>Fundi</u>

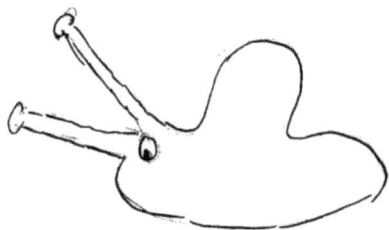

und als letzten <u>Frab</u>.

Zum Schluss bot sich folgendes Bild:

Zusammenführung

Igor, der Vogel, der einst Angst vorm Fliegen hatte, ging mit seiner Frau in die Oper.
Man gab „Der Vogelhändler" und es spielte
das Orchester der Vögel. Anna, Igors
Schwägerin, sang die weibliche Hauptrolle,
Casanova übernahm den männlichen Solo-
part.

Andrej, Igors Bruder, hatte diesem, Igor, anvertraut, dass er vermutete, dass seine Frau Anna und Casanova ein Verhältnis hätten.

Andrej hatte Rufus, den Hund mit dem Hut und von Beruf Privatdetektiv, beauftragt, die beiden zu beschatten...

Und tatsächlich hatte Andrej leider zu Recht
vermutet.

Nachdem Rufus den Fall gelöst hatte, zün-
dete er sich erst mal eine Zigarre an und
zupfte zu seinem Lieblingslied von Frank
Sinatra „Strangers in the night" ein wenig
auf seinem Kontrabass.

Malk

Malk liebte Sport, und da er sehr schön pfeifen konnte, wurde er Schiedsrichter.

Er pfiff Spiele an und ab, er pfiff Freistöße und Fouls. Dann wedelte er mit der gelben oder roten Fahne auf seinem Kopf.

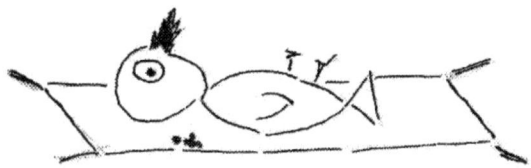

Manchmal musste er auch nach den Sanitä-
tern pfeifen...

Käthchens Hochzeit
und
Käthchens Verwandtschaft

Käthchens Hochzeit

Bei ihrem letzten Auftrag als Model für eine Wolldecken-Werbung hatte Käthchen Carter kennengelernt. Er war der Fotograph.

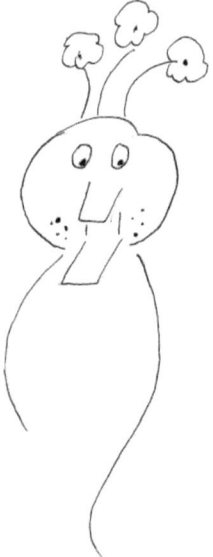

Sie hatten ihre Adressen ausgetauscht und
sich mehrmals getroffen.

Da beide nicht mehr jung waren, beschlossen
sie nach nur ½ Jahr zu heiraten.

Bei ihrer Hochzeit sahen beide wunderschön aus:
Käthchen mit Blumenkette und Carter mit Zylinder.

Sie wurden sehr glücklich.

Käthchens Verwandtschaft

Nachdem Käthchen und Carter verheiratet waren, wollte Käthchen ihrem Mann ihre Verwandten zeigen.

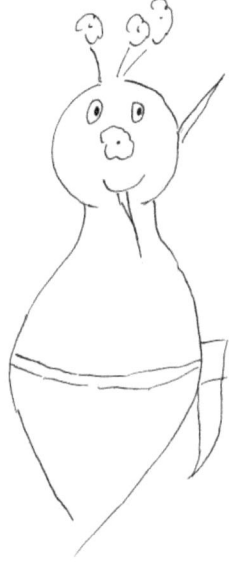

Sie begann mit einem Portrait ihres ältesten
Vorfahren, ein Chinese aus der Familie der
Calan Choe.

Dann holte Käthchen ihr Fotoalbum und zeigte Carter ein Foto von ihrem Urgroßvater, ...

der die Familie Hortens begründete.

Danach ein Bild ihres Großvaters...

und ihrer Großmutter...

bei ihrer Hochzeit. (Großmutter ebenfalls
mit Blumenkette)

Anschließend zeigte Käthchen ihrem Mann
ein Foto ihrer Schwester, einer Ikebana-
Künstlerin...

und deren Mann, ebenfalls ein Künstler.

Als letztes war im Album ein Bild ihres
Neffen, als er noch klein war.

Igor

oder
Der Vogel, der Angst vorm
Fliegen hatte

(Teil II)

Vorwort

Nachdem Igor fliegen gelernt hatte, war er übermütig geworden und hatte beim Fliegen einem hübschen Spatzenweibchen nachgeguckt.

Er war gegen einen Briefkasten geknallt und hatte jetzt, neben einem gebrochenen Flügel, auch wieder Angst zu fliegen.

Deshalb befand sich Igor nun mit anderen Tieren auf einem Selbstfindungs-Seminar auf einem Bauernhof.

Der Bauer Brumpel, dem der Hof gehörte
und der das Seminar leitete, hatte selbst
ehemals kranke Tiere.

Da war z. B. die Kuh Klara, die an Laktose-Intoleranz (Milchunverträglichkeit) litt. Sie bekam statt Trockenfutter Sojasprossen und gab seit dem Sojamilch.

Außerdem hatte Bauer Brumpel den Hasen
Heiner, der Heuschnupfen hatte und den er
mit Bachblüten behandelte.

Seine Katze Knäuel aß keinen Fisch, da sie
sich einmal an einer Gräte verschluckt hat.
Sie bekam jetzt Fischstäbchen zu essen.

Und seinen Hund Hunga mit Karies fütter-
te er statt mit Knochen mit Markbällchen.

Bauer Brumpels Seminar-Gäste waren,
neben Igor, der Kanarienvogel Yellow, der
lichtempfindlich war...

...und der Storch Sansibar, der, wie Igor,
unter Höhenangst und Klaustrophobie
(wegen der engen Schornsteine) litt.

Igor und Storch Sansibar nahmen Flugstunden,
Yellow hatte ein Umstyling:
er hatte danach braunes Gefieder und eine
Sonnenbrille.

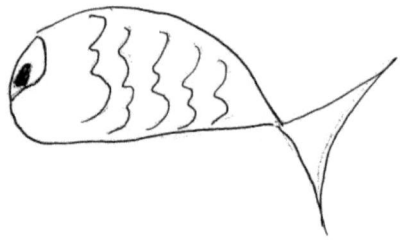

Ein anderer Gast war der Fisch Panda mit der Schlafkrankheit (zur Information: Fische schlafen nicht). Bauer Brumpel gab Panda Schlaftabletten, die „anti" wirkten, d. h. er schlief nicht mehr.

Auf Bauer Brumpels Hof lebte auch das Pferd Pflatsch. Es hatte in frühen Jahren Rückenschmerzen bekommen und war sehr traurig gewesen, dass es keine Menschen mehr tragen konnte.

Brumpel hatte ihm die Möglichkeit gegeben, Reistunden für kleine Tiere, wie z. B. Kanarienvogel Yellow zu geben. So konnte sich Pflatsch nützlich machen und blühte wieder auf.

Ein weiterer Seminar-Teilnehmer war Maus Millicent, die keinen Speck und keinen Käse mochte. (Auch sie nahm Reitstunden bei Pflatsch)

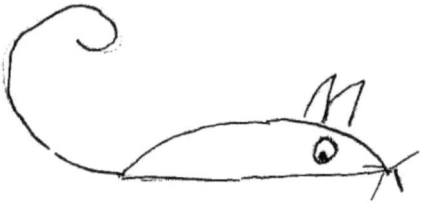

Bauer Brumpel erklärte Millicent, dass sie Veganerin sei und ganz normal. Die Maus akzeptierte die Erklärung und fand zu sich selbst.

Arm dran war auch Schwein Sausi. Sie fühlte sich ständig dreckig und wusch sich andauernd.

Ihr Freund Ebermut hatte sie auf das Seminar begleitet und löste den Knoten, in dem er zu ihr sagte, als sie versehentlich in eine Pfütze getreten war,

dass ihm noch nie aufgefallen war, was für schöne Klauen sie hat.

Der letzte Teilnehmer des Seminars war
Huhn Hildi. Nachdem sie ihr erstes (sehr
schönes) Ei gelegt hatte, war sie euphorisch
geworden und legte jeden Tag 3 Eier.

Bauer Brumpel löste das Problem, indem er
Hildi aufforderte, einmal ein braunes Ei zu
legen, was sie prompt ernüchterte.

Nachwort

Igor hatte so schön seine Flugstunden ab-
solviert, dass er jetzt hoch in der Luft fliegen konnte und nach seiner Rückkehr vom
Bauernhof mit seiner Frau Natascha in den
Süden in Urlaub flog.

Tremp

Wir haben im Garten einen Vogel namens Tremp, der morgens und abends singt, und manchmal sogar am frühen Nachmittag.

Tremp zwitschert Melodien und endet
meistens in hoher Höhe mit einem Triller
auf dem hohen „a", womit er manchmal
anstößt...

Tremp & Co

In unserem Garten wohnt, wie berichtet
wurde, <u>Tremp</u>, der Vogel, der so schön Triller singen kann.

Außer Tremp wohnt auch sein Bruder <u>Trimp</u> in unserem Garten. Er gibt jedoch, im Gegensatz zu Tremps Trillern, nur monotones „piep-piep-piep" von sich.

Das hatte ihn aber zu einem professionellen
Sicherheitsbeamten gemacht. Man kann ihn
engagieren, sein Auto zu bewachen.
Nähert sich ein Fremder dem Wagen, macht
er sein lautes „piep-piep-piep" und so ver-
scheucht er den Dieb.

Es gibt in unserem Garten auch <u>Tiemp</u>, den
kleinen Bruder von Tremp und Trimp.
Er klingt wie eine quietschende Rolllade.

Und es gibt <u>Trompez</u>, den Onkel aus Spani-
en, der Tangos zwitschert.

Dann ist da noch Opa <u>Trumpz</u>. Der macht
nur noch alle 30 Sekunden „piep".

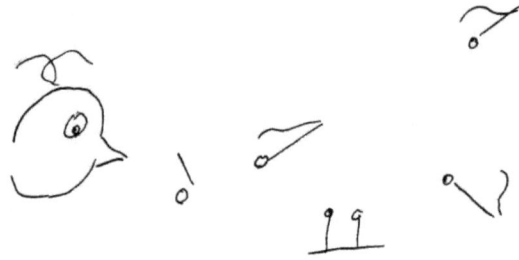

Außerdem gibt <u>Trampel</u> jeden Morgen ein
unmelodisches Pfeifen von sich.

<u>Trinx</u> piepst synkopische Handy-
Klingeltöne, ...

... der Vogel <u>Hamp</u> klingt wie ein Hammer
auf Stein ...

... und zuletzt <u>Tramp</u>, der zu aller Entset-
zen, wie ein Presslufthammer dröhnt.

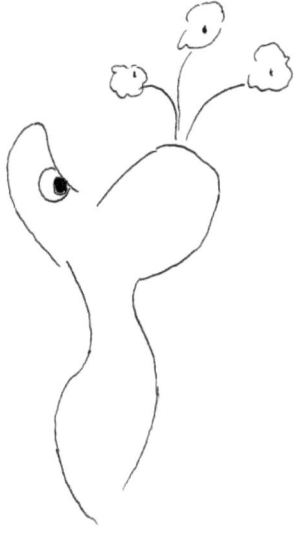

Käthchens Ahnenforschung

Nachdem Käthchen ihrem frischangetrauten
Mann Carter ihr Fotoalbum gezeigt hatte,
ermunterte dieser sie, nach weiteren Ahnen
zu forschen.

Sie, die von der chinesischen Familie Calan
Choe abstammte, fand einen anderen
Zweig: die Familie Schmetter Ling.

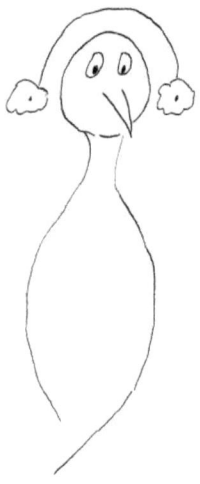

In Käthchens Familie gab es eine mittelal-
terliche Nonne ...

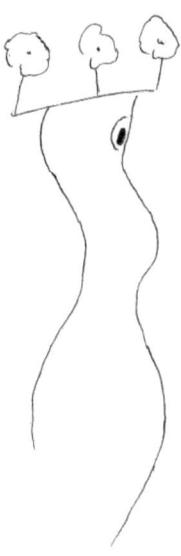

und eine Ahnin aus der Biedermeier-Zeit, ...

sowie deren Mann, einen Handwerker.

Ihre 6fache Urgroßmutter war im Zirkus als Schwertschluckerin angestellt gewesen, wie Käthchen herausfand, ...

und war alleinerziehende Mutter eines
merkwürdigen Sohnes.

Der Vater dieses Sohnes war ein Freigeist
und hatte nie vorgehabt, die Schwertschluckerin zu ehelichen.

Die letzten beiden Portraits, die Käthchen
entdeckte, waren die ihres Großonkels, der
schon früh seine Blumen auf dem Kopf ver-
loren hatte, ...

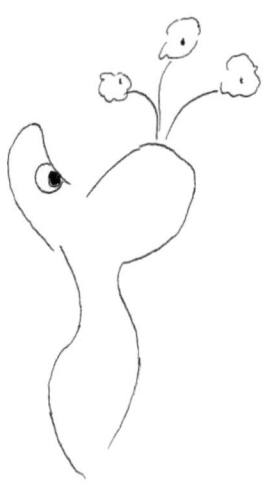

und ein Foto ihres Haustiers Hortens Chen,
das sie in ihrer Kindheit sehr geliebt hatte.

Igor

oder
Der Vogel, der Angst vorm
Fliegen hatte

(Teil III)

Igor, der Vogel, der einst Angst vorm Fliegen hatte, unternahm mit seiner Frau Natascha einen Zoo-Besuch.

Auch dort entdeckte er viel leidende Tiere,
z. B. den Papagei, der lispelte oder den Tiger mit Parodontose.

Igors Blick und Geist war inzwischen so
geschult, dass er die Krankheiten der Tiere
schnell erfasste.

Er ging zum Zoo-Direktor und schlug ihm vor, Bauer Brumpel einzuladen, denn der fand für jedes Problem eine Lösung.

Gesagt, getan, Bauer Brumpel kam.

Als erstes schaute er sich den Tiger mit Parodontose an. Er stellte fest, dass der Tiger ausgesprochen schöne, große Zähne hatte und dass man die restlichen für viel Geld verkaufen könnte. Davon könnte man ein neues Gebiss machen lassen.

Dem Löwen, der unter Haarausfall litt,
schlug Bauer Brumpel eine Typ-
Veränderung vor, und zwar einen Igel-
Haarschnitt.

Beim Elefanten, der magersüchtig war,
musste Brumpel lange überlegen, bis ihm
ein Film über Dinosaurier einfiel, die ja 10x
so groß wie Elefanten waren und unseren
Elefant zart und klein erscheinen ließen.

Sein nächster Fall war das Känguru, das nicht springen konnte. Ihm schenkte der Bauer ein Springseil, mit dem es üben konnte.

Nun kam auch der lispelnde Papagei an die
Reihe. Er bekam Gesangsunterricht verord-
net.

Dem Pinguin mit Frack-Zwang wurde das
gesamte Gefieder weiß gefärbt.

Als letztes kam das Lama. Es litt unter stän-
diger Mundtrockenheit und war traurig, dass
es niemanden mehr anspucken konnte.

Nach reiflicher Überlegung schenkte ihm
Bauer Brumpel einen Wäschesprenger, mit
dem er zum einen seinen Mund befeuchten
konnte, aber auch andere Lebewesen nass
machen konnte.

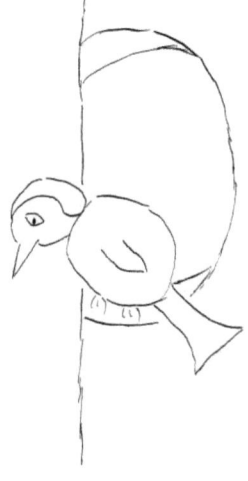

Die Welt im Zoo war wieder in Ordnung und der Zoo-Direktor dankte Igor für seinen Rat.

Anhang

Blumenhörnchen

Trompetenfliederchen